DESBORDAMIENTO

Poemas recopilados

Translated to Spanish from the Filipino- English
version of Overflow

Miles Florendo
Mary Ann R. Padamada-Esporas
Prudence A. Palon

Ukiyoto Publishing

Prefacio

Las emociones crecientes de los tres escritores se sellan para dar a sus sueños un cumplimiento del contenido del corazón a través de la pluma. Cada pensamiento se unió y acordó usar su propio talento para crear poemas que reflejen cada personalidad de los autores.

Este libro contiene varias declaraciones sobre el conocimiento y las habilidades de los autores a través de la escritura creativa de poesía. Los temas se agrupan para traer las lecciones de la vida como niños, hermanas, hermanas, luces del hogar, padres, amigos, compañeros de comunidad y varios otros aspectos de nuestro ser.

Los poemas están escritos en filipino o inglés para transmitir el mensaje a la audiencia. La creación de poemas expresa aquellos en los corazones y mentes que buscan orientación para tener una perspectiva positiva sobre el futuro.

Contenidos

Mi descendencia

Prudence A. Palón

Te he estado observando durante nueve meses,
El resultado de la alegría que sentí.
No he sufrido todas las dificultades,
Solo asegúrate de estar seguro mientras tu estás en mi
vientre.

En estos tiempos, te he cuidado,
En mi corazón me sentí feliz y triste.
No se puede pensar en nada cada hora, minuto o
segundo,
Pero quieres ser tocado y sentirte.

Le pedí a Dios Su bendición,
Para que puedas ser sacado del mundo con seguridad.
Quieres hacer que el calor desaparezca,
Y estoy esperando que mi amor se desvanezca.

A la primera apertura de los ojos,
Incluso en tu primer llanto y pequeña risa.
No puedo entender mis sentimientos,
En ese momento yo era una madre completa.

Mi hijo pequeño comenzó a crecer,
Y se convirtió en el centro de mi mundo.
Pero quieres perder mi carga,
Me vi obligado a alejarme de mis brazos.

El niño inocente en esta mundo,
Todo lo que quiero hacer es saltar y correr.

La precaución deliberada está fuera de tu mente,
Así que al final siempre estará contigo.

No tienes conocimiento de la realidad frente a ti.
Incluso las cosas que podrías experimentar.
Eres un niño pequeño que no sabe nada más que
jugar,
Ni siquiera piensas en los posibles riesgos.

En el mundo de los vivos, disminuirá la velocidad.
Tus pasos son tus pensamientos.
Espero que eviten el desastre.
Porque solo tienes un poco de entender.

En la nueva fase de tu vida,
Deberías estar en la escuela de la mano de mi guía.
Te apoyaré y ayudaré,
Para tu futuro tienes una buena vida.

Quiero que tengas un nuevo conocimiento,
Será tu arma en el futuro.
Así que cuando estudies, no lo dejes ir,
Para que tengas buena suerte.

Hijo mío, espero que siempre lo recuerdes,
Tu madre te ama.
Séllalo en tu mente y corazón,
Solo tu'y nadie más podrá llenarlo.

Todo lo que necesitas será proporcionado,
Nunca será difícil.
Te guiaré hasta que seas viejo,
Porque solo quiero amarte por el resto d

Yo, Tú, Nosotros

Mary Ann R. Padamada-Esporas

Desde el nacimiento, siempre hay algo que está
asociado con qué,
Si es un hombre o una mujer y cuál es el plan.
A medida que creces, miras las tareas,
Quiere moldear a partir de la acción, la mente y la
emoción.

Para la mujer, las tareas domésticas se han convertido
en un hábito,
Lavar la ropa, cocinar, planchar, 'no vayas.
Toda la vida va a realizar el trabajo en casa,
Es un deber hasta que ser esposa.

El trabajo para los hombres es muy diferente,
Porque son los pilares de la casa que no serán
destruidos.
El Padre cuida de la casa siempre,
Así que el estiramiento óseo es siempre el primero.

Esta es la caja que está decorada y reproducida,
Pero, ¿y si cambiara al día siguiente?
"La niña, que ser hombre, el niño que ser la mujer" dijeron
Otros jóvenes han cambiado su género a propósito.

Si se va a invertir la ruta.
" *Soy lo que soy"* debe mostrarse.
"No debe ser juzgado de familia afuera.
Todos merecen ser castigados por no ser groseros.

El si es un hombre, *Ella si es* una mujer, porque ese
es el hábito.
LGBTQIA +, *ellos / él / ella,* dependiendo de la
preferencia, ¡recuerden!
Nadie debe ser juzgado "porque es simplemente
humano.
Vamos a avergonzarnos de nosotros mismos porque
nunca nos detenemos.

Respétaos mutuamente si quieren ser respetados.
¿Hombre al que le gusta vestirse de mujer? ¿Por qué?
¡Vaya!
Una mujer que quiere ser un macho por lo que se
somete a una cirugía,
Eso es lo que quieren, ¿por qué no entender? ¡Tonto!

Si estás pasando por algo, canta,
Diferentes géneros, admite que todos son amigos de
corazón.
Estarán ahí para ti todo el tiempo.
LGBTQIA + Amigos leales sin importar quién
o qué seas.

La Madre Del Tigre

Miles Florendo

Solía ser un cara desencajada cuando la política hablaba,
Debido a las malas noticias por las que he pasado.
No puedo entender por qué las noticias son así,
Sólo he oído hablar de la corrupción.

He llegado a un punto en el que no quiero saber,
Este problema con repecto al gobierno.
Desde-radio, televisión, incluso en periódicos,
Pensé que era solo una codicia.

Muchos años han pasado que no quiero votar,
Los candidatos son buenos solo con las promesas.
Cuando se sientan en sus asientos,
Se han olvidado de las personas que estaban allí.

Pero todas mis creencias cambiaron repentinamente,
Cuando estaba en la nueva ciudad que estoy viviendo.
"No creo que mi concepto erróneo haya desaparecido,
Una madre que es mi ejemplo.

Me da cuenta que todavía hay un cierto líder,
Su nombre es limpio e intachable.
En su vela, mi pueblo ha cambiado completamente,
Porque pone nuestros intereses en primer lugar.

Cuando su esposo estaba en la posicion,
Ayudar a la gente no es un problema.

Todo lo que se hace en la ciudad es evidente,
Porque prioriza la caridad.

Cuando el marido tiene que irse,
Aunque asustado, ella decidió combiar.
Trató a tener la confianza de la gente,
"Porque servir a su prójimo es lo que desea.

Su pueblo no le falló,
"Porque el lugar del marido no quiere nada de nuevo.
Tal vez la gente quiera continuar los cambios,
Sólo el marido le continuará.

Los buenos principios de los antiguos líderes,
"No se trata solo de ser honesto, se trata de ser más
Su plataforma de servicio está en el corazón,
"*Actúa, no palabras*" siempre lo pronuncia.

Su voz era suave, platos irrompibles,
Pero todo lo que digas te beneficiará.
Él tiene buenas noticias,
respondiendo al llamado de su pueblo.

El siervo es un buen ejemplo,
Siempre pensó en el bienestar de la gente.
Dondequiera que mire,
La atención está siendo compartida por su gente.

Impresionante que cada izquierda y derecha
tiene la escuela,
Los estudiantes y los maestros están a su favor.

Un gran parte del fondo se ha proporcionado allí
En la creencia de que son *la "Esperanza del Pueblo"*.

La ley que se aplica a favor siempre la gente,
"Porque quire avanzar los cambios.
Los hechos de su marido no son contentos,
No se detendrá hasta que lo haya superado.

Durante la pandemia, demostró,
En apuros podemos apoyarnos en él.
Él no nos defraudará, solo confíe,
Pase lo que pase, le ayudará.

Izquierda y derecha abrieron estos oídos,
Ayuda y apoyo proporcionado por cierto.
Está seguro de que todo esto podrá ayudar,
Especialmente a favor del gobierno.

No olvides incluir a los jóvenes,
Especialmente la necesidad de la escuela.
Módulos y tabletas ya se han proporcionado
a los estudiante,
Sólo se cruza el Año del Enseñó.

Cada rincón del barangay he ido,
Toda la gente que está en el área, hay ayuda.
Él no se detendrá hasta que su pueblo sea
quebrantado,
El pueblo se elevará a su siervo deseado.

En todo momento fácil de abordar,
Nadie está clasificado en el área,
Una madre que cuida de su pueblo,
Prometió no abandonarla.

Su esposa e hijos están en el servicio.
Sus principios son únicos.
La gente se desarrollará, por lo que se centrarán.
Quieren lograr un cambio completo.

Así que no es de extrañar ser conocido,
Sus familias se distinguen de las categorías.
A los que ha hecho en el pueblo recibió
reconocimiento,
Y actuó en todo el país.

No puedo pedir nada más de mi madre,
Puede ser considerado un buen líder.
En esta ciudad, la gente es la primera,
Así que los conceptos erróneos del gobierno han
desaparecido.

Una vez más, he recuperado mi confianza,
En nuestro gobierno, hay algo cierto.
Madre del Tigre si es atacada públicamente,
"No hagas palabras" era su creencia.

No estoy haciendo campaña por élla.
Solo quería expresar su bondad al público.
Este es mi poema para conocer a una Madre,
Sinceramente mirando hacia fuera de la ciudad amada.

Apellido del padre

Mary Ann R. Padamada-Esporas

Papá, Daddy, Padre, algunos de ellos llaman,
Siempre estamos con nuestras madres.
Junto con la familia, están anclados siempre,
Apoyando a los niños que aman.

Desde la infancia está en sintonía con cada paso,
Nadie puede parar,
En la familia dio su nombre,
Protección y defensa incluso cuando de sonido solo.

Cuando los niños crecen, usan su nombre.
El apellido se incluye en el estudio y siempre se
pronuncia.
En cada extremo siempre está establecido,
El apellido de oro está incluido en el viaje.

Pero es un hábito dejar de usarlo,
El apellido de su marido tenía lo único que decir.
Después de que la hija se case,
Incluso los documentos son diferentes.

Solo me da cuenta por qué no,
Use el apellido de su amado padre,
Aunque el hijo amado se haya casado,
El apellido del padre no debe ser olvidado.

Hijo estará con siempre, el placer,
Cada paso en la vida es guiado por Él.
Es correcto que sea importante dar,
Siempre se pone el nombre del padre.

La alegría y la felicidad de un padre,
A ver el éxito del hijo amado,
La edad no es un obstáculo para disfrutar,
a los varios honores o éxitos que ha obtenido.

Debido al amor tanto a el esposo y el padre,
Combinar los dos nombres es correcto.
Van a dar honor y valorar a ambos,
los padres de la casa que lo habían abrazado.

Así que ahora que cada uno de ellos honores,
Sus apellidos se muestran juntos,
Padre y esposa, que son amados,
Ambos reciben honor.

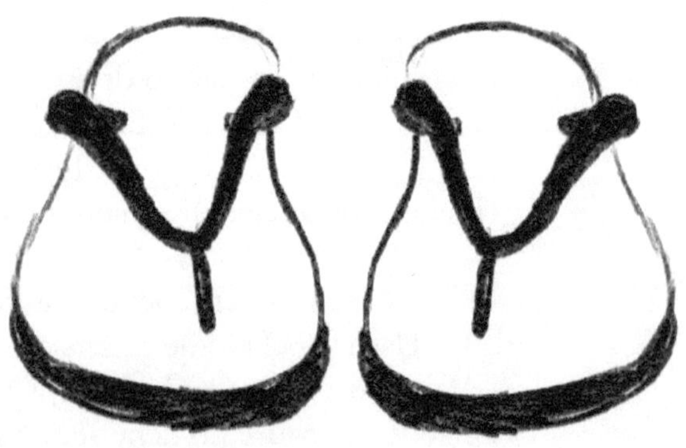

Vida del Pasajero

Mary Ann R. Padamada-Esporas

Cada día el pasajero tiene una experiencia diferente.
Desde caminar hasta que andar en coche,
Ya sea un *jeepney*, autobús, tren, *taxi* o *transporte público* .
El *triciclo* también está incluido, especialmente
cuando llueve.
Se convierte en "Marites y Tolits" debido a muchas
conversaciones,
Desde el otro pasajero sin intención a escuchar.

Va a entrenar o molestar porque aumenta el
volumen del celular,
De las canciones que una vez se cantan juntas
Del propio tocador, otro pasajero o tú.
A veces es casi como bailar cuando estuviera cantada,
O llorar porque nuestro corazón esta tocado
A veces van a pensar sil las escuchan en un idioma
diferente.

No se porque no usa *auriculares*,
¿O es un deseo intencional de *compartir* desde
un celular?
También es posible que no se de cuenta que el *volumen*
sea demasiado alto.
Para aquellos que están ahorrando, es bueno ser un
oyente.

Ya has calibrado los *datos*, incluso has escapado del aburrimiento.
Pero las personas que están molestando porque ellos quieren algo diferente.

En el camino, los *viajeros* tenían prisa.
Casi quieren volar cuando está corriendo rápido.
No piensan nada más que evitar ser atrapados en el trabajo.
Pero hay personás estan *tomados de la mano* sin preocupaciones ,
Vas a decir *"sana all"* porque tendrán suerte.
Especialmente cuando tu *vida amorosa* es más oscura que la calle.

En *el Jeepney,* puedes elegir un lugar para sentarte.
"Si no quieres pasar él pagó, se va a sentar detrás.
"Si no quieres estar al lado del conductor el frente,
Hay que pagar por dos personas.
Hay veces que el conductor ha fumado sin preocupaciones.
Vas a mirar y estar irritado por el humo sin parar.

De repente, hay persona que va a entrar y sentarse a su fuente
O alguien que va a pasar un sobre y hablar,
Para obtener la simpatía y pedir dinero.
Los niños cantan o *rapean* para entretener a las masas,

En cambio los talentos son la comida o una pequeña
cantidad de dinero.
Hay niños que están abandonados o quieren ganar
dinero.

Todos están comprimiendo porque necesitaba que
todos los asientos estuvieran llenos.
El Barker dijo: "siéntate como un pobre".
Es decir, siéntese según con el pago que pagues.
Si es solo uno, no conquiste todo el asiento,
Así que sé paciente en tu lugar una vez que estés
abarrotado,
Debido al pequeño *espacio*, a veces se desmorona.

No podrá estar bien si su lado está muy sudoroso,
Sudé mucho porque el clima es muy caluroso,
Especialmente este vecino huele mal,
O tal vez sea por la lluvia a causa de la tormenta.
Hay otros que no caen en el hierro se aferran,
Así que la axila casi está muy cerca en tu cara.

Tomar el autobús por la mañana para entrar a la
oficina,
Hasta que llegues a casa por la noche, serás miserable.
Vas a encontrar diferentes escenas,
"¡Ya hay un espacio, monta!" pero la gente ya estaba
en la franja.
La aguda no podrá entrar a la gente que está ocupada.
En el extremo, siempre hay que tener cuidado.

Dentro del autobús, "¿Quién más no está, quién
más?"
Con este grito ten cuidado.
Asegúrese de que el conductor se recuerde,
Es posible que podría haber un vendedor del jugo.
A veces los se ven obligados a pagar los productos,
Y el dolor de la confusión ya es un ladrón.

Alguien habla por unas pocas monedas,
Dije que estaba enfermo, pero siempre fue un
pasajero.
Ponga las enfermedades juntas, se sorprenderá,
Con muchas palabras, "si su órgano interno ya ha
fallecido".
Afortunadamente, sí es cierto, sigue siendo fuerte.
¡Te preguntarás por qué este hombre todavía está
vivo!

El ascensor tiene una fila a causa de un montón de
pasajeros de MRT.
Especialmente cuando el pasaje es gratis durante unos
meses.
El ascensor es solo para cuatro personas, pero a veces
se amplía la capacidad máxima.
Embarazada, PWD, el jubilado, con infantil son
prioridad,
Érase una vez, un pasajero que era irritado,
"Cuando te reprenden, ¡odio más! "No vas a saber el
peligro que le da.

Cuando entra en el tren, a veces tiene una fila organizada.
Tan pronto como entraron, todos los pasajeros se cuentan cada uno.
También se chequearon la temperatura especialmente porque hay una pandemia.
Asegúrese de que el pasajero del tren no tiene la enfermedad,
Pero cuando entra en la casa, hay gente tan testarudo.
Si alguien corta la línea, el otro pasajero reacciona.

Si está organizado o abarrotado en el tren dependiendo de la situación.
A veces tranquilo o enojado causa el calor del clima,
Especialmente durante la *hora punta, ¡buena suerte* para ti por casualidad!
Aunque hay *una prioridad*, se debe promover una visión igual,
Alguien ofrece un asiento en cualquier género,
Mientras otros están durmiendo o fingió estar dormido a permanezca en posición.

Hay *taxis* que son limpios, fragantes y con *aire acondicionado* frío.
¡Apártate! ¡Más que el olor es desagradable!
Porque sus pasajeros ya están atrapados en el sudor.
Una carrera trepidante que parece estar compitiendo.
Más la altura del metro si es correcta,
O tal vez debería ser reportado para accionar de la policía.

Grab es la esperanza a salvarse cuando se necesita el
coche,
¡Pero en lugar de ayudar los dolores de cabeza
aumentarán!
El dolor del conductor les da, ¿y por qué?
El precio del pasaje es demasiado alto durante la *hora
punta* o la lluvia.
Alquilado, ¿cierto? por qué parecía que compré
el auto!
Con *la tasa* alta va a bajar que está rascando la cabeza.

En *el triciclo*, vi que el truco del conductor es diferente.
Una vez fue con esposa, y ni siquiera sabía si estaba
bajo el comando.
También trajo el hijo en el viaje, por eso no se le
permitía el pasajero adicional.
Hay mucha música divertida y luces que son
pegadizas.
"No va a divertir porque hay veces que la carga es
demasiado,
No sabe si es correcto o una parte del truco.

Habal-habal o angkas que es rápido para asegurar que
no vas a llegar tarde.
¡Pero tienes que estar preparado para el golpe
extremo en el pecho!
El corazón está roto por la velocidad del viento,
Pensar en el movimiento equivocado del motociclo da
a un accidente.

Si los resultados no son buenos, los pasajeros deben
tener paciencia.
Ore para que sea entregado de manera segura.

Al final, se cuál sea el transporte que elija.
El deseo de ser llevado a donde quiera que vayas,
Porque hay algo esperando que vengas a la reunión.
Al montar o descender el vehículo, la dirección es
cierta,
Incluso la hora punta llega en el momento adecuado.
¡Corre, suspira, camina, monta, acostúmbrate a eso!

Los pasajeros varían en estatus, edades o sexos.
"No se trata solo de dinero en la vida cotidiana.
Trae un paciencia largo a su aventura
Actitud positiva a pesar de las circunstancias
negativas.
Despierta para estar seguro en el destino,
Y el coraje de caminar en la vida.

Viaje de la vida

Prudence A. Palón

¿Dónde has ido?
Un viaje que no sabes a dónde ir.
Mente confundida y desconcertada,
¿No estás contenta con tu trabajo?

He pensado en muchos días y noches,
Solo había una decisión, el viaje.
Para responder a todas las preguntas en mi mente,
Están esperando respuestas.

Tratando de viajar al otro país,
Allí en Hong Kong comenzó por primera vez,
Entré como una empleada doméstica,
Eso pensé, tendría éxito.

Mi experiencia no ha sido buena,
Porque todos los días, todas las noches solo lloro.
No por el trabajo que hago,
Pero cómo tratan a un trabajador.

Bien que cuando hago compras,
vi a mucha conciudadana
¿Quién puede hablar y me preguntó "
¿Y tú como estas?"
De repente mis lágrimas y el sonido de mi susurro,
"Puedes hacerlo", siempre dicen.

Traté de luchar contra la nostalgia todo el tiempo,
Pero eso no es lo único que viene a la mente.
No estoy alimentado en el momento adecuado
de nuestra jefa cruel,
O simplemente tomar una taza de café caliente
cuando hace frío.

También es difícil hablar con mis queridos,
Porque el uso del teléfono está prohibido.
Afortunadamente, hay un domingo,
Para relajar mi cuerpo cansado.

Viajar solo,
Es muy difícil porque no tienes compañero.
solo y nadie que compartir la soledad,
Así que va a pensar más si va a viajar.

Aunque mi contrato no haya terminado,
Viajé de regreso a mi país.
dinero gastado en mi viaje solo,
Amor y cuidado el cambio por mi familia

Veinticinco Años

Prudence A. Palón

Una rompecabeza sobre cómo sucedió esto,
Lo que pasó en mis 25 años.
¿Obtuve mucha alegría en mi enseñanza?
¿Tuvieron sentido los momentos que pasé aquí?

¿Cómo empezó todo, mi pregunta?
Miremos hacia atrás, veamos lo que sucedió
en el pasado.
El curso se completa en una escuela privada,
El examen para convertirse en un maestro de pleno
ha tenido éxito.

Al principio no soñaba a enseñar,
Estaba buscando otro trabajo, pero no pudo
encontrar un trabajo.
Tres años después, todavía estaba desempleado.
Hasta que escuché que estaban buscando un maestro.

Se evalúa tomar el examen en una división.
Cuando pasé no sabía cómo me sentía.
Luego vino una *entrevista* que también pasé,
Y por eso me di cuenta de que podía hacerlo.

Llamado a una división para ser maestro,
Este es el comienzo de mi enseñanza que el primero
no quería.

Fue contratista durante tres años.
Y bendecido con un contrato profesional
permanente.

En una escuela pública todo comenzó,
Un maestro que es valiente y *aterroriza* a los
estudiantes.
Mis amigos que me miran son crueles y arrogantes.
Pero cuando finalmente se conocieron,
supieron que no era así.

Dicen que soy un buen maestro,
Pero ni siquiera se me pasó por la cabeza.
Todo lo que sé es que estoy contento con mi
enseñanza,
Veo una sonrisa en los rostros de los estudiantes.

Es bueno ser maestro, lo he demostrado.
Tienes muchos conocimientos que tu mente
ha compartido.
No quiero salir y terminar los días,
Porque aprenden de mis maneras.

Convertirse en maestro también fue difícil,
eventualmente aprendí.
Desarrollar diferentes actitudes y perspectivas
sobre la vida.
Necesita entender para ellos no sentirse mal.
Tienes que sonreír incluso cuando estás sufriendo.

Amor por el estudiante tengo que demostrar,
A una edad temprana, hay muchos problemas.
Necesidad de hablar de vez en cuando,
Para que se sientan aquí y puedan confiar en él.

Frente a ellos me encanta bailar, actuar y cantar,
Sé que mis alumnos son felices.
Hay algunos eventos tristes y hay otros felices.
Esta es mi experiencia durante 25 años en la escuela
de la que me había amado.

Debutante

Miles Florendo

Todos estamos aquí para testificar,
Un gran regalo de tus padres.
En lo más profundo de su amor, fuiste hecho para
regalarte.
Una celebración hermosa y memorable.

Feliz cumpleaños, nuestro debutante.
Que veas lo importante que eres,
Porque eres una gema que está brillando esta noche,
Seremos felices al celebrar contigo.

Espero que recuerdes que no todo termina aquí,
Esta noche es solo el comienzo de un nuevo mañana.
Empieza a caminar en el camino correcto,
De tener un futuro brillante y estable.

Eres una rosa floreciendo en medio del jardín,
Eventualmente tu belleza es seguro que van a agarrar.
Con la guía de tus padres, podrás temblar,
Todos los obstáculos para alcanzar tus sueños.

Adjudicar

Mary Ann R. Padamada-Esporas

El sueño de muchos es tener el honor del Premio,
Sorprendentemente, se afiló con el cable.
Tan agradecido por haber sido dado,
Sólo unos pocos son bendecidos y elegidos.

En pocos años, equivalente a décadas de servicio,
En la Universidad que es demasiado
amado nunca deja.
Todo se da y se hace para calificar,
Los beneficios y bendiciones de los fieles.

Se sorprendió porque el esposo había fallecido
y por eso se esforzó más.
Una esposa y madre que solo quiere soñar.
A guiar y dar un buen futuro,
El hijo amado es la fortaleza que viene.

Desde la muerte de un amado esposo,
La pérdida de mi pareja me causa trabajar
doble y duro.
Pero por qué, los compañeros no entienden,
Que el único deseo y sueño es estar cómodo.

Sin intención que se realicen todos los proyectos,
Durante años en la comunidad,
la universidad y el compañero.

Aquellos que buscan para el honor o premio,
El honor más alto para los trabajadores.

"No entiendo por qué alguien quiere interrumpir.
Está confundido porque no introdujo
y le quedó enfermedad.
Afortunadamente, una madre fue fuerte y solidaria.
Se realizan oraciones por el hijo que
perdió a su padre.

Un regalo especial para la familia quereda,
Especialmente para un hijo amoroso y cariñoso.
Agradeciendo al Señor por conseguirlo,
Aunque el hombre fue interrumpido
y acusado de no ser conocido.

Bloqueado por la lanza, pero la verdad salió a la luz,
El hombre que fue acusado y herido se hizo fuerte.
Llorar y orar por el gran dolor que sentí.
La guía y la bendición de Dios están al final.

Afortunadamente, ni una sola vez se rindió.
Cualquier obstáculo que se interponga
en el camino permanece en pie.
No es que vayan a fallar, al final.
El premio que mucha gente desea es
el que tengo ahora.

Premio De Honor

Mary Ann R. Padamada-Esporas

Premio de honor rechazado,
Debido a la fobia encontró
Sólo el deseo es bendecido,
Pero el miedo se siente.

La nominación se ha dicho
varias veces,
Pero se negó con calma.
Estudiado con
recomendación,
A usted que tiene
calificaciones.

Hacer todo por la familia,
Especialmente el único hijo
enamorado.
Ora por el escudo,
En los obstáculos a superar.

Esta duda fue eliminada,
Proporcionó el documento necesario,
El último día nombraron,
Todo está asegurado para pasar.

Ha sido un proceso largo,
Los documentos se completaron porque se les dijo:
Cuando estoy peleando golpeo mi corazón,
Porque solo una persona está nervioso.

Se despertó el golpeo al saber,
En el Día de Navidad, se declaró el resultado,
Se recibirán algunas recompensas,
Contesta a largas oraciones.

Honores de premio específicamente para mí,
Varias veces ha sido rechazada.
Afortunadamente, fui capaz de pelar,
Aunque tenia dudas en mi corazón.

La alegría en el corazón no se desvanece,
"Porque los honores son regalos para los
gentiles.
Los honores que recibiré,
Mis oraciones serán contestadas.

Maestro

Mary Ann R. Padamada-Esporas

El profesor es la guía para el aprendizaje,
El compañero en la vida de los estudiantes,
Siempre dispuestos a los consejos y lecturas.
Para los estudiantes que ama.

La propia familia a veces "excluida,
De estar ocupado servir a los demás
Debe ser trabajar duro a su servidor,
Para apoyar al hijo amado.

Algunas personas conocen a un hombre sencillo,
Pero él solo estaba muy por encima de los conocidos.
Trabajador, inteligente, paciente,
Porque todo está hecho.

Criar a un niño amado solo,
Así que tiras a izquierda y derecha.
A nadie le importa el sudor,
Trabaja con alegría.

Sonríe aunque cuando estés cansado,
Pídele que no se presente,
Aunque el sufrimiento no es obvio,
"Porque el corazón está acostumbrado a la resistencia.

Era un verdadero amigo,
Nunca he sido egoísta.
La perspectiva de la vida es admirada,
Porque a nadie le importa.

Haz todo lo que sea digno,
Al niño, padre y amigo que es fiel.
Él no te abandonará,
A pesar de que le duele.

¡Oh, maestro! Usted es increíble.
Lo que trae siempre es feliz,
La sonrisa en los labios no despierte.
Ver en tu movimiento energético.

Pedir Prestado

Miles Florendo

¡Mujer, coqueta, amante, querida!
Solo unas pocas llmadas de las personas a ella.
No es suficiente es insistir estas palabras,
Es doloroso, está aplastando la reputacion de una
persona humilde.

¡Picazón, mujer coqueta, pecadora!
Son un poco de personalidad cuando están
siendo criticados.
Pero, ¿puedes culparlos si son odiados,
 Han destruido muchas casas.

Hay mujeres que se hayan quedado llorando,
Porque la esposa de otro se siente atraída
por la belleza.
Es como si estuviera jugando con dulces,
Así que tomó con fuerza la fundación de la casa

A pesar de que dijo varias veces, no quiso hacerlo,
Ninguno de nosotros cree en él,
Debido al hecho en la mente de que
ella estaba perdida
¡Plaga, destrucción, destrucción de la familia
construida!

La familia soñado desaparece repentinamente,
Su carisma ha demostrado los miran.
El amor de los dos se pierde como una burbuja,
Y en el matrimonio sagrado deseaba desaparecer.

El pilar de la casa ni siquiera se considera,
La esposa y los hijos se quedarán llorando.
Prefiere ir con uno suelto,
Porque el centro del mundo eres tú.

El papel está de la mano no era un obstáculo,
Para elegir un amor prohibido.
A pesar de que todo el mundo ha tratado
de oponerse a ti,
Aún estás luchando para que alguien te detenga.

Ni una sola vez perdiste la esperanza,
Tú eres el que elegir de tu 'amor agarrado'.
A veces perdiste pero vas a luchar.
Porque crees que tienes derecho a ser feliz.

A veces aprendes a ser una buena feroz,
Parece que se puso grueso debido al amor prohibido.
Aprendió a pelear con su esposa legal.
Por amor madura en presión.

A veces llegas al punto en el que crees que estás
Porque eres satisfecho si siempre estás con él.
Pero desafortunadamente, de repente negó con la
cabeza,
Al instante, él soñó con su esposa.

Entonces, ¿quién es la mujer que sueña con
ser una querida,
"Estaba feliz de poder escapar por un tiempo.
Todos queremos un amor solo.
"No es una competidora y no tiene que ser robado."

Quería una relación secreta,
"Es el tipo que no se puede demostrar en
ninguna parte.
Espera que algún día fracase.
Cuando es hora de volver con la familia a su amante.

Quién de nosotros sueña con llorar,
Es por el amor equivocado con el que puede salirse.
¿Alguna vez soñaste con aferrarte a lo incondicional.
Y con la familia de otros luchó.

Su destino fue deliberadamente evitado de seguir.
Porque es una enfermedad social.
Nadie debe ser seguido,
La destrucción de la familia es insoportable.

Sí, golpear a un hombre casado es un error,
Pero era su destino elegir.
Tal vez en el camino correcto se quedó sordo,
Aunque, el pecado no se puede evitar.

Si el mundo está al revés, es una tontería,
"Nadie debería pelear porque el caos es el resultado.
En la familia de los demás no debe estar compitiendo,
Porque seguramente estarás llorando y triste.

si su coartada está agotado, él es solo un hombre,
Hay que respetar porque su corazón está roto.
Su destino no debe ser juzgado,
Sólo Dios lo sabe en su vida.

Inspiración

Miles Florendo

Cuando abres los ojos, puedes ver esto entorno,
Un gran espacio,
Los árboles que dan fruto,
Y un entorno precioso.

El regalo del Creador para nosotros,
Es la forma apropiada de dar alegría,
El cuerpo se está desvaneciendo lentamente.
¡Oh! Es un buen comienzo para la mañana
con Su gracia.

Ven y comienza nuestra mañana,
Un profundo suspiro.
Ahuyentará el pasado consumiendo energía,
Y él es el comienzo del día con esperanza.

Toda la noche con el hijo amado,
Mientras escuchas el sonido de los tambores,
De varios creadores poéticos,
Inspirado en la creación de nuevas creaciones.

Carruaje marítimo

Miles Florendo

Voy a cocinar mi plato favorito,
Los ingredientes y los medios se agrupan,
Así que escucha atentamente lo que tienes que hacer,
Cómo cocinar este alimento destacado.

Enfrentó las profundidades del mar,
Incluso las vastas montañas,
Cuando los ingredientes se llevan al horno,
Y el kare-kare del Mar pude comenzar.

Después de cortar los ingredientes vegetales,
El mejillón, camarón y el cangrejo sumerge en el agua,
Espera a hervir que se valora igual con el salario,
Luego comenzamos a saltear el calamar que está sano.

En mi calamares salteando cuidadosamente vertidos,
Estos son los ingredientes que tienen el precio completo,
Cuando hierva , seguiremos los vegetales.
Luego agregue la mantequilla de maní pegajoso.

No olvides agregar especias,
Cuando su propio sabor está flotando.
También prepara pasta de camarones salteada.
Para completar el kare-kare del Mar.

Mientras espero a que se cocine,
Volveré el amor pasado.
'¿No es tu Kare-kare favorito,
Pero, ¿por qué ahora estoy solo?

Solía observarte pacientemente,
Mientras está en la cocina preparando ingredientes,
En tu Kare-kare, he estado tan enamorado,
Pero ahora mi corazón está roto.

Antes había olido juntos,
La fragancia del cuerpo como un cerdo,
Y tu kare-kare tiene una brisa extraña,
Pero ahora, nos has expulsado voluntariamente.

¡Dios mío! No quiero que lo recuerdes,
Solo herirá mis sentimientos.
¿Qué pasaría si no estuvieras aquí con nosotros,
Podemos ser felices con nuestra comida.

¿Hay algo más que pueda pedir,
Si tuviera que comerlo en mi plato.
Si no ha estado con nosotros durante mucho tiempo,
El kare-kare del mar fue suficiente para nosotros.

Caridad

Mary Ann R. Padamada-Esporas

El padre de la casa es caritativo,
    Incluso toda la familia en lo que hace,
        Dar ayuda a 'compañeros desconocidos,
        Para aliviar el dolor que se trae.

        La familia ni siquiera es rica,
    Debido a la escasez a veces,
Nunca olvides,
Siempre dar ayuda a alguien.

Fui a la iglesia antes de Navidad comenzó,
    Un niño se acercó, "Ofrenda" dijo.
        Un vendedor de sampaguita le vi la dificultad
        En los ojos parecen siempre pidiendo.

        En La mano tiene el niño pequeño,
    De repente, que pena el niño dijo
    Ayudemos y demos zapatillas,
Para asegurarse de que esté a salvo.

Sorprendentemente, el niño se perdió,
    Todo se hizo por la fuerza,
        De el hijo amado a un pobre niño
        Para dar ayuda aunque sea un poco

Esto también es una señal de Dios en el cielo,
para dar la caridad a los niños,
Debido al corazón oro del niño pequeño.
La familia pensó en seguir el bueno.

La familia comenzó a ayudar,
A todos los que pasan por el camino,
Comidas y útiles de la escuela,
Todos estaban muy felices y abundantes.

Desde antes, ha sido un hábito,
Ayudar a los necesitados siempre,
Aunque no está en la Navidad dé alegría,
Un signo de amor por nuestro prójimo.

Portátil Por Mayora

Miles Florendo

¿Quién dice que no hacemos nada,
Si nuestro trabajo "no les ven".
Si hablas, crees que sabes,
Todo detrás de las noticias.

Muchos dicen que somos maestros afortunados,
Aunque estábamos en casa, nos pagaban.
Una vez más, estaba en la esquina está disfrutando,
Cuando algunos se quejan del desastre.

A izquierda y derecha escucharás las quejas,
Los estudiantes parecían estar abusando de
nosotros.
A veces no hacemos bien nuestro trabajo,
Y solo esperando el premio a este gobierno.

Las dolorosas críticas enfurecieron secretamente,
Debido a las falsas suposiciones de nuestra audiencia.
A veces queremos reaccionar,
Para todos se realiza a las falsas creencias.

No conoces las verdaderas circunstancias,
Lo que está sucediendo en el hogar.
"Ya no puede respirar en el trabajo a diestra y
siniestra,
La maestra de vida una vez pensó que me
escaparía.

Mi hijo a menudo se queja,
En sus lecciones, siempre estaba solo.
No puedo darle la oportunidad de jugar.
Mi enfoque siempre está en la enseñanza.

Incluso las tareas domésticas que descuido,
Porque está enfocado en mi trabajo.
Un montón de la ropa sucia y también con los
platos en el lavabo.
Me parecía que estaba saludando que lo iba a
enfrentar.

El año de enseñanza empezará en unas semanas.
Pero todos los maestros están ocupados
preparándose,
Entonces dices que no estamos haciendo nada,
Después de todo, ¡las vacaciones son una broma!

"No me quejo porque es trabajo,
Fue parte de mi vida desde el principio.
Solo quiero corregir todos los comentarios.
No se debe decir que vivimos buenas vidas
somos maestros.

Espero que entiendas mi petición,
"No es correcto hacer el asunto por cualquier razón.
Trabajamos con todo honor,
Así que solo quiero pedirte que nos deje.

Antes de que nos arrojes de las criticas,
Espero que sepan nuestras dificultades.
"No nos acusen de ser tan afortunados,
"Porque hay momentos en que somos
miserables.

Ojalá pudiera escuchar esta pequeña petición,
Sus maestros deben ser respetados.
Detengan cualquier especulación sobre
nosotros,
Para que no se dañe nuestro pensamiento.

Servidor Del Pueblo

Mary Ann R. Padamada-Esporas

Es un gran desafío trabajar,
En una agencia del gobierno,
Las tareas deben realizarse,
Sea crítico si es necesario.

Intenta, trabaja duro, sé diligente,
Trabaja, sé honesto, no te molestes.
No todas las obras tienen cambios,
La recompensa es conocimiento suficiente.

Las horas de servicio no están actualizadas,
A las cinco de la mañana o de la tarde,
Veinticuatro horas al día,
El sol debe añadir,

Es erróneo pensar que un Siervo del Pueblo,
No está trabajando 'sin suficiente para pagar,
Porque hay trabajadores fieles,
Para hacer todo, incluso la caridad.

Es bueno servir a la gente,
Llena de la alegría y el amor,
Pero la sonrisa es reemplazada,
Si hay parejas que son violentas.

No debe afectar a los ser perfectos,
     Piense a proporcionar el servicio adecuado,
          A los ciudadanos como empleados,
               Debe ser honesto y sin vicios.

Los Siervos del Pueblo serán el fundamento,
     El servicio debe ser entretenido,
          Para levantar mi frente a cualquiera,
               Ya sea en la ciudad o en el campo.

Da gracias aunque falta con las riquezas,
  Amor al trabajo para siempre.
    Debe estar orgulloso del conocimiento ahorrando.
    Servir fielmente a nuestro pueblo.

Amor

Mary Ann R. Padamada-Esporas

Te amo, desde entonces, lo sabes.
Estás conmigo en cada paso del camino.
Te has convertido en un socio en la vida.
Amo tanto que siempre me guias.

Eres conmigo cuando convertimos nuestros sueños.
Desde que *los días de la escuela secundaria* se han reunido,
Con la formación, la ambición y el
Conocimiento adecuados,
Para envejecer, acumularnos riquezas juntos.

La prueba de nuestro amor,
Se ha crecido durante mucho tiempo y se ha
convertido en un tesoro.
Es aún más flores debido a nuestra princesa,
Su amor por el rey y la reina.

Contigo y tu amor el mundo gira.
Eres tan raro de amar y eso es tan cierto.
No somos ricos en cosas materiales.
Completo por el lujo del amor poseído.

Antes prometió que nunca sufriremos,
Especialmente cuando la hora llega que te vas.
Pensé que era una broma cuando te lo dices,
Pero llegó el momento, dado el cumplimiento.

Te sorprende de tu salido que estás durmiendo.
Duele porque no hay palabra, no hay adiós.
Tu amor, hasta el final que sientes,
No fuimos agobiados, aunque sin decir adiós.

Tu amor es tan
verdadero y puro causa difícil,
A aceptar el punto de nuestro amor.
Ojalá pudiera darte una oportunidad,
Para que todos podamos despedirnos con calma.

Querido, tú eres físicamente invisible para nosotros,
Permanecerás en nuestros corazones y espíritus.
Voy a conseguir a trabajar para nuestra princesa,
Eres nuestro *Ángel de la Guarda Especial* que siempre
está con nosotros.

Diluvio Moderno

Miles Florendo

¡Correr! ¡Apúrate y escondámonos!
Tal vez sobreviva a la debacle.
El año ha sido tan rápido que se ha contado,
Hasta el día de hoy, todavía es difícil resistirse.

No sabemos qué hacer,
Incluso *los confinamientos y las cuarentenas* seguirán sin
tener ningún efecto.
El virus que se propaga es difícil de controlar,
¿Hasta dónde llegará para que nos detengamos?

Temiendo que "a tu lado" se estornude.
Simplemente tose, llamando la atención de inmediato.
La gripe cuando entra nos sentamos,
Por lo tanto, deben estar alejados de los invitados.

El corazón late cuando escucha la noticia,
Rezar sin hablar "'No nos infectamos'.
Todos los días se consume este corazón,
La pandemia parece estar desapareciendo.

Mi corazón es hecho esclavo,
Debido a la pandemia, no queremos irnos.
Terrible horror escondido en mis sentimientos,
"Realmente no sé qué pensar".

¡Apurarse! ¡Correr! ¿Dónde exactamente se supone
que debemos escondernos?
Hace un año que estaba casi atrapado
en nuestra habitación.
Donde estoy levantado, no voy a poder
tener en el clavo,
Tal vez el próximo estará sentado con nosotros.

Como mi hijo que está emocionado de jugar,
"He estado ocultando durante mucho tiempo.
Estaba ansioso por regresar a su viejo mundo,
Es divertido correr con los amiguitos.

Tenemos un futuro brillante que esperar.
O tal vez es solo que el destino debe ser aceptado.
¿Esta pandemia va a ser duradera?
Ojalá fueras VIRUS si no te hubieras ido.

Pero hubo una pequeña voz que me susurró,
Confía en Dios porque Él es el único
que puede ayudar.
Un día encontraremos una solución,
Para que podamos avanzar una vez más.

El Regalo De María

Mary Ann R. Padamada-Esporas

Maria de buen corazón tiene un regalo anual
Con regalos a todos los que saludan
Ella asiste todo el año
Con una celebración difícil de encontrar

  Se presupuestan dietas diarias
  Para ahorros y efectos personales
  Cada centavo se mantendrá
  Para el proyecto especial que se refiere.

La Navidad es para todos, eso es lo que ella creía
El regalo debe ser para que todos se sientan aliviados
Ella está emocionada de compartir y dar
Todas las bendiciones que recibió

  Joven como ella se dedica a servir
  La razón por la que es genial tener a la familia
  Una celebración navideña con la comunidad
  Eso es agradecido por la gran oportunidad

Enumerar cosas que deben prepararse
A todo tipo de personas a tratar
Con amor, cuidado y respeto
No debe incluirse para rechazar

  Agradecido de celebrar el10o año para ayudar
  los proyectos de sensitivos- géneros que

mantendrán.
Incluso la conocida pandemia de CoViD-19
Causa sin fin al proyecto especial

Pase lo que pase, ella continuará su legado
Ayudar a los demás es su máxima profesión.
La pandemia nunca le impedirá compartir
'Porque su corazón está rebosante de cuidado

La María de buen corazón es tan
extraordinaria
Seguramente esta chica se convertirá en una
dama justa
Compartiendo todas sus bendiciones
generosamente
Es uno de sus activos para esta humanidad

Maestro Pequeño

Prudence A. Palón

Fue un poema que recibí,
Del estudiante que estoy cuidando.
Cuando leí mi corazón estaba roto,
Porque sentí su admiración ardiendo.

Dijo que cuando me miró por primera vez,
Sintió miedo de inmediato.
No es de extrañar que sea tan estricto,
"Porque mi sonrisa es sólo ocasional.

"¿Por qué?", dijo.
¿Por qué se sintió tan asustado?
Es increíble venir a la mente,
Que pudiera hacerles daño.

Ni siquiera se dio cuenta,
Tengo amabilidad.
El miedo que viene a la mente inmediatamente,
Así que no tenía idea de lo que podía ofrecer.

Mis ojos y vistas son tan audaces
Mi voz es fuerte y alta,
Tengo una posición recta y elegante,
Así que sus rodillas estaban muy temblorosas.

Es triste pensar que son así,
Ni siquiera me conocían.

Desde mi apariencia externa,
Mis estudiantes fueron juzgados inmediatamente.

¿Qué se puede hacer si se ven así?
Eran muy estrictos y hostiles con lo que
piensan de mí.
Quiero corregirlos pero decide que no
Ponga atención.
"Porque sé que el verdadero yo también aparecerá.

Pasaron unos días,
La sonrisa en mis labios está siempre.
Dijo que mi belleza, y no se desvanece,
Porque les demostró mi corazón puro.

En cada centímetro de mi cuerpo,
Aprendieron a bailar.
Vale la pena subir al banco,
Solo podían ver al pequeño maestro.

Se asombran de mi voz,
No creían que pudiera cantar.
Dijo que yo era un cantante profesional,
Cuando su maestro comenzó a gritar.

Dijo que no había nada que buscar,
Como yo soy su amado maestro,
Por el paso de los días, horas y minutos,
La postura y los ojos que está pidiendo no cambian.

Ahora en su corazón y mente se dio cuenta,
Soy un maestro bueno y confiable.
Lo que sea que esté buscando,
Si yo fuera el tipo de maestro me enfrentaría.

Él está agradecido por mis enseñanzas y consejos,
en lecciones sin aburrido enseñar.
Sus sonrisas y bromas están en sus corazones.
Les pidió que se quedaran en mi corazón.

A pesar de que hay muchos maestros buenos
y talentosos,
Pero para él no hay nadie más que yo como maestro.
Ellos piensan que serán unos hijos cuando
me haya tratado.
Así que no hay tristeza cuando estoy con ellos.

Mi corazón está lleno de alegría,
Si dio un poema como este.
Es un premio que no tiene precio,
Eso siempre espera de mi corazón.

Mi Querido Amigo

Miles Florendo

¡Oh! Mi querido amigo peludo,
Seguí preguntando: "¿Dónde has estado?"
Hasta ahora, estoy pensando si tu vida llegó a su fin,
No puedo encontrarte a pesar de que te busqué
aquí y entonces.

¡Oh! Mi querido amigo peludo, ¿dónde estás?
¿Corriste y luchaste contra tu enemigo?
¿Te derrotaron en su territorio?
Es por eso que no volviste a mí.

¡Oh! Mi querido amigo peludo,
¿Perseguiste y fuiste con tu chiquita que te encanta?
¿O los borrachos te atraparon y luego huyeron,
¿Es una de estas las razones por las que no estás
aquí conmigo?

Oh, mi querido amigo peludo, ¿estás perdido?
¿No eres demasiado inteligente para saber
dónde te cruzaste?
¿No sabes cómo volver a casa?
¿O tu interés ahora es dar vueltas y deambular?

¡Oh! Mi querido amigo peludo, ¿por qué me dejaste?
Sabes cuánto te amo,
"Porque estás conmigo desde que eras un bebé,
Y hemos compartido mucha memoria.

¡Oh! Mi querido amigo peludo, ¿no me amas?
¿Te gusta la idea de ser libre?
O tu alma ya ha huido,
Y nunca te veré porque estás muerto.

¡Oh! Mi querido amigo peludo, te anhelo,
Extraño los días en que me lame las manos
cuando estoy azul.
"Cuando en el momento en que acaricié tu pelo
Todas mis preocupaciones son simplemente
explotadas,
Ya sabías cómo calmarme, y es verdad.

Oh, mi querido amigo peludo, te extraño,
Eres uno de los mejores amigos que he conocido.
Me siento amado cuando estoy contigo,
por los recuerdos que hemos pasado.

¡Oh! Mi querido amigo peludo, por favor vuelve a mí.
Han pasado tres décadas, pero aún así,
estás en mi memoria,
Los sentimientos de un niño dentro de mí
no saben cómo liberarte,
Tus ojos negros seguirán persiguiéndome
hasta la eternidad.

Mi Precioso Amor

Mary Ann R. Padamada-Esporas

Hija Mía, eres mi precioso amor.
Tú eres la razón por la que estoy por encima del
amor.
Me ayudas a seguir adelante y luchar.
Tú eres mi motivación para ser brillante.

Tu amoroso susurro, hija mía,
Tu encantadora sonrisa y risa,
Oh querido, realmente derrite mi corazón,
Ayuda a reparar mi corazón roto.

No necesito buscar un mejor amigo,
Alguien a quien llamar un amigo más querido.
Eres mi gran y más honesto crítico.
Sostienes mis manos para editar los datos y las fotos.

Agradecido porque Dios nos dio a ti.
Nuestro gran tesoro, te amamos.
Tu gran ternura, amor y cuidado,
El placer de mamá y el mayor cuidado de la vida.

Joven pero con una mente avanzada,
Entiende y no se queda atrás.
Hija mía, eres un adulto joven,
Todavía mi bebé, el resultado de mi mente.

Juntos, estamos construyendo recuerdos.
Rezamos junto con nuestros rosarios.
Te amo, cariño, frase más querida para transmitir,
La respuesta más querida, te amo, mamá,
todos los días.

Tú eres mi guía, y dependiendo de ti, mi decisión.
Completas mi vida porque eres mi inspiración.
Estoy orgullosa de ser tu madre, mi hija perfecta.
Soy tu protector, papá es un en la vida,
¡sé un luchadora!

Cómo Esta Bien Si no Está Bien

Prudence A. Palón

Desde la infancia hasta la edad adulta,
Estoy meditando.
Siempre me he preguntado
Comó bien si no esta bien
Aunque es difícil entender lo que está sucediendo,
Aun diremos: "Ah, está bien".
Se encuentra con dificultades tareas,
la respuesta está bien.

¿Por qué siempre ocultamos nuestros sentimientos?
Ya sea dentro o fuera de la casa,
no queremos dejarlo saber.
Es difícil creer que cuando éramos jóvenes,
"Cuando estamos riñendo, lloramos y nos callamos.
Queremos decir algo, pero no podemos decir,
Tememos que están riñendo.

Así que pensé que la voz de los jóvenes
sería escuchada.
Es pequeño a la vista, pero sabe lastimar.
Cuando me convertí en un estudiante probé,
Tenemos más retos de los que necesitamos pasar.
En nuestras aulas y en las clases.
Si no es bueno, aun va a probar nuestra resiliencia.

Pasó el tiempo y tuve un trabajo.
Me preguntaba si es correcto lo que me entró.
Aunque si no es mi deseo,
¿Puedo hacer el trabajo que se me asigna?
Es necesario tratar de responder a la pregunta.
Preguntas que me han estado molestando
durante mucho tiempo.

Cuando tenía mi propia familia,
Tengo un sentimiento de alegría y tristeza.
No puede dar a dos niños una buena vida,
No importa cuánto lo intente, no es suficiente.
Pero estoy trabajando en una manera de hacerlo bien.
Aunque sí es difícil, siempre va a estar bien,
si no lo es.

Ahora cuando estoy jubilado,
Todos están allí tanto como les pueden,
Para mejorar la situación cuando llegara
el tiempo asignado.
Los juicios se enfrentarán con firmeza,
A pesar de que es difícil de hacer, lo haré.
Así que lo que no es bueno estará bien.

Salida

Miles Florendo

En medio de este gozo recibí,
Una mala noticia que no va a pasar nada.
La alegría que sentí de ser reemplazado en un
instante,
Se está vistiendo el dolor de mi futuro.

"No pensé que mi mundo sería destruido
repentinamente,
debido a eventos adversos.
Aunque sí dudó hacer un camino de inmediato,
Para que la vida de mi padre pueda ser añadida.

Inmediatamente fue al lugar,
El honor incluso a mi hijo haber sido dejado.
Por lo tanto, habiéndose aventurado
audazmente,
La esperanza de algo está en el corazón.

El miedo y la ansiedad se han apoderado
de mi corazón.
Está lleno de amargura de la mente confundida.
No hay nadie a quien aferrarse sino a las súplicas,
Que el diluvio afronta sea vencido.

La escena frente a mí era insoportable.
Pilar de la casa luchando por la fuerza,
En medio del desafío de la muerte,
Espero ganar en medio de la batalla.

Llamo a mi papá una y otra vez,
Tal vez mi voz sea un puente.
Dar a luchar por su vida,
Y está tratando de no salirse con la suya.

La respiración lo persiguió para levantarse,
En las arenas movedizas cayó quería escalar.
Queriendo deshacerse de un gran desafío,
Es la vida de el que desea intercambiar..

"Solo pelea, papá", dije muchas veces,
"Por favor, no te rindas.
Esperamos estar contigo algún día,
"Porque nuestro amor por ti se desborda".

Lloré mientras sostenía su mano.
Oró para que él estuviera consciente.
Espero terminar mi espera,
Para volver a casa que no está muriendo.

Fue una situación muy difícil para nosotros.
En una tierra lejana sin parientes.
Así que no se sabe dónde obtener la fuerza,
Excepto por los mensajes que serían difíciles.

Solo a mi lado un hermano pequeño,
Que es inocente en el mundo excepto a fastidiar.
Cómo aceptar que la muerte está cerca,
Y la vida no se puede añadir por el momento.

Mis hermanos y hermanas están perplejos
sin saber qué hacer,
En el otro lado del mundo, quieren irse.
Pero se necesita ganar más dinero para los gastos,
Para las cuentas no saben hasta que llegué.

En medio de este diluvio forzó el sellamiento.
Aunque los corazones están llenos de dolor,
En presencia del otro obtenido fuerza,
Nuestra última esperanza era no estar cortado.

No hay nadie más que Dios el Creador,
Ora para que el milagro sea dado,
Añadir la vida de nuestro amado padre,
En la familia, podía llevarla a casa respirando.

Pero ante el sufrimiento no se oculta,
En su lucha, le resultó difícil romper.
"No me sabes qué vas a dejar ir,
En su situación sé que es difícil pasar.

Es difícil aceptar que nuestro padre,
Está cansado de luchar por sobrevivir.
Quiero estar contigo, pero quiero no me aguantó,
Su sufrimiento ya no se puede ocultar.

Una vez más le supliqué al Creador,
Que Él despierte y traiga de vuelta a nuestro padre.
Pero si Él quiere llevarlo,
Por favor, no lo hagas sufrir más.

Entonces habló sinceramente a mi Padre,
Si quieres volver, lucha.
Pero si estás cansado, adelante,
"No los dejaré ir, 'no te preocupes'.

"No abandonaré a mis hermanos,
Trataré de reunirlos, lo prometo".
Estas palabras se pronuncian con sinceridad,
Porque creo que esto es lo que quieres.

Luego me volví hacia mi hermano.
'"No te preocupes por tu precioso hijo menor,
Lo llevaré y lo cuidaré,
¡Crece y sé educado, lo prometo!"

Después de haber dicho estas palabras,
Su respuesta fue un susurro.
Su respiración se está volviendo más tranquila
lentamente,
Y estás en paz cuando dejas este mundo.

Lo has estado esperando, lo sé,
Promesas sinceras, quieres escuchar más.
No quieres rindas aunque su sufrimiento
es difícil esconderse,
Quieres que cuide de nuestros hermanos.

¡Salida, oh! Qué terrible separación.
La esperanza de vivir contigo está muerta.
Pero si vas a descansar en paz,
Es difícil de aceptar, pero sigue descanse

"No te preocupes, 'Papá seré fuerte.
Reunimos juntos más de tu amor.
Promesas hechas a usted,
Para que llegues a tu destino en paz.

Familia

Mary Ann R. Padamada-Esporas

Nuestra familia era como un barangay con el número.
Total de los compañeros, eres un batallón en cantidad.
De los padres están felices y siempre sonriendo,
Hasta el nieto menos tiene la alegría en
el corazón y labios.

En la casita, siempre estábamos juntos.
Una familia filipino hasta que tuvieron nuestra
propia familia.
Algunos se han mudado, y otros han sido separados,
La discusión continúa, implacable.

Toda la familia está agradecida por la tecnología.
Desde nietos hasta padres mayores han aprendido.
Aunque ya se han movido a otro y casi todos los días
están juntos.
Con los familiares y parientes amados que están
en la provincia.

Cuando cada uno se celebra están juntos en la fiesta.
No te olvides de estar ocupado con el trabajo y la
escuela.
En fechas importantes durante todo el año,
Preparándose mutuamente hasta el Año Nuevo.

Algunas personas lo saben, pero como todos los
demás, no son perfectos.

Hay muchos retos y problemas, pero no se ven
afectadas.
En una familia que siempre comunica
y de verdad se ama,
"No importa qué están juntos, la respuesta siempre es
dar".

Tenían una familia propia, los padres eran soportados.
Desde Los hijos hasta de los nietos la cadena
verdadera.
Los retos también llegó, 'no rindió en el evento,
"Amor implacable y verdadero" no podía comprar.

Los padres tienen una responsabilidad con los hijos,
Los hijos no,
Eso es lo que dicen, pero la familia no imita.
Padres mayores, algunos de los cuales tienen los mismos.
Solo ahora planeó a los nietos a cuidar.

Toda la familia está agradecida al Padre Celestial.
Porque es la prueba de que siempre se sigue
Sin amargura.
La pareja de su hijo que habla suavemente,
Todavía es un miembro de la familia, incluso un ángel
que siempre guía.

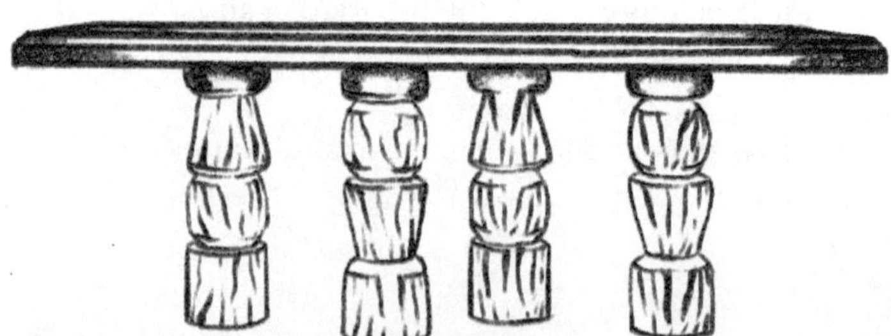

Pandemia

Mary Ann R. Padamada-Esporas

Largas horas en los trabajos,
Toda la gente estaba ocupada,
Razón para no estar con el todo,
La familia que amas.

Lo inesperado llegó,
Todos eran escépticos,
La multitud no estaba lista,
Sentirse "desconocido".

Se convirtió en una sacudida mundial diferente,
Es como si todos estuvieran en un desastre,
Ansiedad sentida,
El futuro es desconocido.

Trabajar desde casa es la respuesta,
Para evitar perder,
Trabajo cuidado,
Para que la vida pueda ser aligerada.

Se impone quedarse en casa,
Los estudiantes 'no perezosos,
Las clases en línea han sido experimentadas,
Cuando eran niños y jóvenes.

Las familias han tenido,
Una ocasiones raras,
Experiencia con la que estar,
Seres queridos felices.

El tiempo de oro se divide deliberadamente,
En el trabajo y la familia de los gloriosos,
Los padres están cansados,
Apaga la sonrisa del niño y del nieto.

Pandemia o causa,
Para que todos puedan proporcionar,
Con la hora adecuada y momento,
Para todas las ocasiones.

¡La Señora Ya Me Ha Cuidado!

Miles Florendo

No esperaba que la escuela terminará.
La clase progresa, pero no parecía haber
Aprendido nada.
Todo el tiempo que he estado estudiando,
he pedido siempre.
Mis grados fallidos deben ser patrón a unas
pocas calificaciones.

¿Quién debería dar la culpa, quién tiene la culpa?
"Califiqué porque la señora me ha cuidado.
Incluso si no entra y no aprendí nada,
Debido a la implacable petición de mis padres.

Parece que todo comenzó con una duda.
¿Cómo podemos aprender si no estamos
en la escuela?
¿Es posible entender la lección con dificultad,
Si estás en casa y el guía es el padre.

Los problemas de izquierda y derecha que también
experimentamos,
La pandemia ha golpeado repentinamente al país.
¿Qué se debe hacer exactamente si este es el caso?
¿Habrá espacio para el trabajo escolar?

Inciertamente, los padres aún se enfrentan.
Entrar en la configuración de la escuela
si el mismo es el hogar.
Los maestros y compañeros de clase solo están en
manos del dispositivo,
Esperar de esta manera será inflexible.

Pero espera, todo está listo para nuestro bienestar.
Al comienzo de la clase , agarran los módulos.
Así que hay tabletas regaladas por el gobierno local,
Nuestros padres están listos para apoyarnos.

El primer domingo, se entraron todas las plataformas
Participó activamente en la discusión y la tarea
preparó de la señora.
A pesar de las dificultades en la vida, mi madre
siempre trató de *cargar*,
Porque quería estar en mi clase.

De repente, mi atención se dirigió a los demás.
También he podido entrar en *las redes sociales* .
Ser varios *juegos en línea* que he podido jugar,
Muy a menudo no ha asistido a clase y no
ha hecho la tarea.

Poco a poco he ido perdiendo la cabeza a estudiar.
Porque la vista del gadget ya no se puede eliminar.
Aunque se afronta muchas veces pero si está
prohibido es bueno.
Las personas que me aman están preocupadas por mí.

"Ven a clase", llamé repetidamente.
La señora persiguió la solicitud de presentar la tarea.
Incluso los padres están charlando y llamando ,
Así que el *final*, izquierda y derecha son los chismes.

Me han dicho una y otra vez que no escucho nada,
Debido a la vista del dispositivo,
no puede hacer que se detuviera.
Varias *cuentas* e incluso juegos son en mi mente,

No me importa si se repiten todos los días.
"No me di cuenta de que el tiempo había pasado,
Parecía que la clase había terminado de repente.
Como era de esperar, todas las marcas son
difíciles de levantar,
Fue por mi negligencia e indiferencia.

Mis padres apelaron sinceramente
a todos los maestros.
"Ayuda a mi hijo a pasar", suplicaron.
Y luego, aunque fallé se usa el corazón,
He pasado aunque me he escondido durante meses de
los maestros.

Pero, ¿debería alegrarse de pasar por misericordia?
¿Conseguí a mi maestro o me engañaron?
Sí, he pasado, pero en sabiduría no lo he hecho,
Me dieron nuevos conocimientos que no obtuve.

76

DESBORDAMIENTO

Queriendo ser decepcionado por la verdad realizada,
El Año de Enseñanza terminó sin siquiera aprender.
Mire dónde lado, me quedaré perdido,
"Porque no voy a negar que pasé porque
estoy haciendo trampa.

El maestro no es culpable de cuál es el resultado,
No fallaron porque no estaba cansado de guiarme.
Solo negligente a estudiar y no se les permite
escuchar,
Así que finalmente lo logré porque estaba cuidado.

Al siguiente no quiero pasar porque el maestro
tiene corazón.
Quiero aprender porque con ellos estoy aprendiendo.
Tratará de estudiar bien, un compromiso
duro y sincero.
¡Un día estaré orgulloso de ser verdaderamente
PASADO!

Respeto Por Mayo

Miles Florendo

El nueve de mayo llevará la palabra "Respeto"
"Porque todos tienen un candidato de apoyo.
El color es diferente les llamé a nuestro voto.
Les recuerdo que somos filipinos.

"No dejes que la relación que tenemos se arruine.
Es triste pensar en un miembro de la familia,
amigo o compañero de trabajo,
Luchando por el principio de su candidato,
Al final, ayudamos juntos.

Fue impresionante enfrentarse a su candidato,
Pero al final, las decisiones de los filipinos ganaron.
Así que en la próxima elección, revela quién quiere,
Solo voy a apoyar a mis pollos.

En el presidente estoy en el color que
la suegra prohibió,
"Porque hay dos personas que llorar.
Voy a comparar el color verde de la naturaleza.
Frío a la vista, tenía una sensación de calma.

En mi ciudad, probaré una nueva cara en el congreso,
"¡El padrino!" porque probó le cuida.
Fácil de abordar, no decepcionar a nadie,
Así que no voy a detener el cambio deseado.

¡El liderazgo de mi alcalde es una prueba fuerte!
Confirmado durante muchos años,
seguramente será efectivo.
El vice, no cambiará la "Madre del Tigre" idolatrada,
El testimonio vivo del candidato del que
estoy orgulloso.

No te animo a votar a ellos mismo,
"Porque desde el principio tuvimos mismos diferentes
Que estamos luchando aquí,
Solo quiero estar en paz
La elección en mayo,
Entonces, ¿quién va a ser entronizado,
dará el debido RESPETO!

A Mis Conciudadanos

Miles Florendo

Durante más de cien años me acosté,
    La bala de los extraños me ha quitado la vida.
      "Despreocupado enfrentar la muerte,
        Cumplamos nuestra libertad.

Pero mi Señor, lo que está sucediendo ahora,
    "Esto no era lo que esperaba en ese momento.
      "Cuando el tiempo presente es miserable,
        Mi pueblo se enfrenta a un gran desafío.

Oh Dios, qué retos enfrentan,
   La libertad de mi pueblo fue arrebatada
   por la pandemia.
      Desde aquí me he oído a ellos gritaron y
      sufrieron,
        La desesperación estaba en sus voces.

En mi pluma reveló corrupción,
   Todos ellos son experiencias crueles
   de los extraños.
      Pero ahora ambos filipinos están codicioso,
        Esta corrupción es de izquierda y derecha.

Una vez declaré que estos jóvenes,
   Con el tiempo, serán la Esperanza del Pueblo.
      Pero Dios mío, ¿por qué son solo artilugios,
        Los padres ya no se benefician.

Mi Señor, te lo ruego,
    Escucha el deseo de mi corazón.
        Que ayudes a mi pueblo,
            y ser levantado de su lugar.

Una vez más está apretado en el corazón tu amor,
    La unidad es el contenido de la mente
        En este momento de pandemia,
            Sólo Tú puedes aferrarte a ellos.

Se les dará un buen líder,
  Que mis compañeros filipinos hay alguien
    que ayudar,
        Corta sus corazones de los jóvenes
            Y recuerden que son esperanza en este mundo.

Que cada uno sea cubierto con Tu santa sangre,
    Cuando se superó el desafío.
        Es solo una pandemia, nada es imposible para Ti,
            O' Gran Creador, ten piedad de mi pueblo.

Esperemos Que El Sábado Vuelva A Ser

Miles Florendo

Oh, es muy dulce de recordar recuerdos del pasado,
Donde la felicidad es tan simple,
Una sonrisa que es tan dulce en la imagen
que se desvanece,
Los recuerdos están reflejados llenos de alegría.

Hay tantas cosas que me han pasado,
El recuerdo de la juventud es muy fuerte.
Nunca podrá ser igualado,
Cosas que sucedieron en mi pasado.

Recuerdo cuando era joven,
Mi mundo gira en torno a mis amigos,
Cada hora que ellos están deseando.
Solo porque se están divirtiendo lo suficiente.

Todos los sábados, nos invitamos,
Pasamos todo el día en la zona.
En la medida de lo posible, nadie escapa,
Aquí está el placer que tenemos en nuestro hábito.

Por la mañana el anhelo del Rey Sol,
"Porque miraron son los amigos juntos
Sonrieron ante mí miró,
Solo ten cuidado de hacer señas sin "molestar".

Preparó rápidamente para evitar el aburrimiento,
Lleva el bolso y se retira cuidadosamente,
Asintió con la cabeza y sonrisa en el rostro
respuesta de mi padre,
Antes de abrir la puerta lentamente.

No importa sin dormir por la noche,
Porque está charlando todo el tiempo,
Lo importante es que no haya perder
un momento feliz,
Si no, estará lista la fiel por el dolor.

Estamos muy emocionados corriendo
de nuestros pasos,
Miramos emocionalmente nuestro destino
A lo lejos, ver el campo verde,
Parece invitar a la felicidad eterna.

Jugando, comiendo y riendo incesantemente.
Dirigimos y contamos la historia interminable,
Allí del árbol frondoso que más popular,
Testimoniando la alegría de nuestros amigos.

El viento nos sopla las risas en el campo,
Mientras corre con un suspiro.
Cada minuto pasado con todo entusiasmo,
Parece que no hay problema.

Antes no había juguetes caros ni artilugios,
para atraer la atención de amigos.
Solo con goma, zapatillas, latas o tapa de frasco,

A veces el papel y los lápices son lo suficientemente
divertidos.

Existe la posibilidad de recostar nuestras espaldas,
Tampoco habrá avergonzado tirado allí en la hierba,
Y miraremos el cielo azul,
juntos decimos con los sueños que se quieren lograr.

Nos sirvió de luz esos árboles y montañas,
En la alegría de nuestra juventud,
En medio de nuestro pequeño sueño,
Que algún día habrá un recuerdo al que volver.

En nuestros futuros compañeros se comparten,
Recuerda siempre los momentos,
Asegúrese de cumplir las promesas que se han hecho,
Sí, somos pequeños, pero somos sinceros.

Cuando el crepúsculo llega uno por uno,
Porque nuestros padres están esperando seguro,
La próxima semana, está en el plano,
Nos quedamos con alegría en los labios.

A medida que envejezco es inevitable sonreír,
Este recuerdo sin par del dinero,
Cuando llega el sábado, se hablan los labios,
Que se repiten los momentos pasados.

CALENDAR						
M	T	W	TH	FR	SAT	SUN

Si Konsi Naman!

Miles Florendo

"¡Konsi naman! "¡Konsi nama!", gritó la gente.
En la siguiente elección dar la oportunidad,
Los votos de la gente están no están perdidas,
Él es el fiel servidor de nuestro pueblo.

"¿Dónde está, en los pasados tiempos?
Sirvió en silencio mientras la ciudad se levantaba.
Fiable, accesible, en todo momento,
"No hipócrita, sino sincero de ayudar.

Ejemplo de un oficial fiel,
No es codicioso , con intenciones puras.
Servir a la gente en el corazón y sentimiento,
Entonces, en la próxima elección no falla.

El sonido de los gritos a la izquierda y a la derecha,
Cada vez más personas están llamando,
Cada uno confía y llama fervientemente,
"¡Konsi naman!" es el que será elegido
en esta elección.

Quién Es Él

Mary Ann R. Padamada-Esporas

Presentó a un amigo travioso que estaba en la
escalera.
Un estudiante macho cerca de las plantas.
Pero tan ocupado estudiando que a nadie le importa,
No sé, pero ni siquiera sintió nada.

"No es una cuestión ¿ solo decir de quién es?"
¿Por qué no perdía en mi mente que llevaba un polo
blanco?
Con pantalones negros el uniforme *y un bolso marrón.*
Delgado, formado, tranquilo, guapo y ojos rasgados.

Muy ocupado, pasaron días, semanas y meses,
Hasta tener una nueva reglas en la escuela.
El hombre que se presenta debe notificar,
Porque él está incluido en la preparación
del *programa.*

Parece que fue olvidado a este guapo hombre
que fue introducido.
Estaba ocupado, desinteresado y seguía
haciendo cosas.
El hombre estaba tan interesado que pensó
en una manera,
Sé un amigo, habla con la chica de la escuela
de nuevo.

Ambos destinados a bailar el mismo hábito.
Conviértase en socio en programas escolares,
En el acompañamiento musical se hicieron
amigos y juntos,
Siempre juntos, en el programa escolar se reconoce.

Tenía amigos propios, se unieron juntos.
Todos están comprometidos a crear recuerdos felices.
Fue divertido porque se formó un buen
compañerismo.
Estar pareja y tener un amor inimaginable.

El hombre confesó, le dijo al amigo travieso,
Encuentre una manera de conocer a su amada
en la escuela.
Porque quieres ser amigos y luego cortejar,
Medio "Pinoy" por eso chinito, fielmente enamorarse,
nunca se vaya.

El hombre hermoso y chinito, que está fielmente
enamorado de la mujer.
Estudian juntos, comenzaron con *amistad* hasta que
se enamoran.
El comienzo del amor es simple.
Porque ambos estudiantes deben estudiar duro
en la carrera.

En el amor, el destino abre el camino.
Estaba agradecida por el hombre que había conocido.
Pensamiento cachorro amor, el sacrificio es
amor eterno,
Fue fuerte, a pesar de que la lanza bloqueó el camino.

Solo una prueba

Mary Ann R. Padamada - Esporas

Comenzó casi no sé,
¿Es correcto intentarlo,
Pero probablemente también sea correcto,
¿Por qué no solo una prueba?

En la vida del hombre es correcto luchar,
Pero la batalla no es dolorosa,
Siempre prueba cosas,
De venir bien a fin.

Traté de hacer poemas,
Pero lo fueron cuando yo era un niño,
Cuando envejece, trata de intentarlo,
Por qué no, tal vez voy a golpear.

Es como si hubiera vuelto a mi juventud,
Una de las formas más divertidas de hacer un poema.
Porque libera conocimiento,
También con mis sentimientos.

En medio de las tareas domésticas,
Mientras descansa por la fatiga,
Pensado dar significativos los tiempos,
Da valoración de las cosas en tus manos.

Hacer poema se puede hacer,
Es como bailar al ritmo de la música.
Cada idioma debe sentir,
Para finalmente ser compatible.

Soy una madre y padre solo,
Con un hijo de la inspiración y siempre en la mano,
Pon en mi mente que voy probar cualquier cosa,
Por mi hijo amado y su futuro.

Se dijo que era una prueba, pero se retrasó.
¿Vale la pena escribir un poema?
Sé libre y feliz con el resultado,
Gracias a Dios por el conocimiento que nos da.

Título

Prudence A. Palón

"Título" es una palabra muy pesada,
Así que inicialmente me estoy conteniendo.
Hay tantas preguntas que vienen a mi mente,
¿Soy apto para este título?

Me alegro de alguien que confía en mí con
mis habilidades.
Una nueva amiga que no me ha abandonado,
"No me detuve a presentar el papel que trabaje duro,
Así que gracias por mi nuevo amigo"

Lleva unos tiempos prepararse,
También hubo muchas noches sin dormir.
Tratando de terminar todos los documentos
necesarios,
Incluso casi la esperanza que quiero olvidar.

Se requiere presupuesto y patrocinador,
Para ser incluido en el título de la batalla,
Pero da una carta que me avergüenzo,
Así que al principio casi me di por vencido.

Tengo un hijo, afortunadamente,
Cuando leí la carta, me ayudaron de inmediato,
El que respondió a mi necesidad,
Siempre he tenido confianza en mis habilidades.

Cuando se terminaron los documentos,
Se lo he transmitido a los jueces.
Cuando llegué me pidieron puntos,
Incluso tener una entrevista de un nervios.

Muchas gracias y todas las pruebas han pasado.
Incluido los que han sido honrados
Sirve solo Global para a los educadores,
Fue un honor recibirlos por mis esfuerzos.

En el Día de Honor, llevo un *vestido* rojo largo,
En la alfombra roja, experimenté la marcha,
Leí mi "bionote" cuando subí al escenario,
El honor fue recibido cuando tomè fotos.

Es una buena sensación ser honrado,
Reconoció el éxito que hice con dignidad.
Cuando me jubile y envejezca, llevaré
El título prestigioso en corazón y mente
se mantendrá.

Verdadero Amigo

Mary Ann R. Padamada-Esporas

¿Es increíble tener tantos amigos?
  ¿Es intencionalmente agradable o hay una
    necesidad?
      ¿No es suficiente simplemente tener,
        ¿Unos pocos pero sin espacio?

Los verdaderos amigos son difíciles de encontrar.
  Confía y no difundas,
    Las cosas que hablan,
      Para que el resultado no sea chismes.

He conocido que muy hermosa,
  Su favorito es la comida simple,
    La cola de chano es lo que quiere,
      En carne de cerdo, también era muy bueno.

Cuando se trata de verduras,
　　También se alimenta con la comida,
　　　　Debido a que viene con patas crujientes,
　　　　Una taza de refrescos fríos .

Paciencia y trabajo duro,
　　La cabeza nunca se calienta,
　　　　Él siempre sonreía,
　　　　　Nadie ha sido un obstáculo.

Muy agradable desde que nos conocimos,
　　"No cambia la actitud y la belleza,
　　　　El amor siempre le da,
　　　　　A su familiares, amigos y conocidos.

Increíble si actúa,
　　En dar servicios es sin pretensiones,
　　　　Se le debe dar un alto honor,
　　　　　Porque el sacrificio en el trabajo se realiza.

　　　　　realiza.
Amigo eres muy extraño,
　　Soy tan afortunado de haberte conocido,
　　　　El nombre como una rosa y elocuente,
　　　　　Un amigo lleno de inteligente y paciente.

Verdadero Amigo, ¿Dónde Estás?

Prudence A. Palón

La palabra "Amigo" es muy pesada,
"Porque no sé si eso es cierto.
¿Cómo podemos sentirlo,
¿Quién dice la verdad?

¿Cómo podemos saber,
¿Si alguien es realmente un amigo?
Pronto lo encontraremos.
¿O tal vez es solo un sueño?

Es bueno tener un verdadero amigo,
Que siempre respirarás,
Todo el tiempo da paso,
"No dudes en ayudarte.

No hay sustituto,
Nunca dudes en apoyarte,
Todo lo que trae, se aligera,
Necesitamos un verdadero amigo.

¿Por qué hice el poema de la amistad?
Es por mi experiencia real,
Sí, hemos hecho muchos amigos,
Pero pocos permanecen en nuestras vidas.

Necesitamos abrir nuestros corazones y mentes,
En el verdadero sentido y significado de un amigo,
En el dolor y la comodidad, en la tristeza o la felicidad,
Son parte de nuestras vidas para siempre.

Nuestro amigo puede protegerte,
De los incautos,
Nunca te dejarán,
"Porque los verdaderos amigos son confiables.

Piensa si tu amigo es confiable,
Confía en todos los secretos de tu vida.
¿Serás capaz de confiar en todos los golpes de tu vida,
Quienquiera que seas, ¿darás tu amor?

Hermana ejemplar
Prudence A. Palón

Es mejor escucharte llamar "Ate",
En honor a la hermana mayor.
Eres respetado pase lo que pase,
Porque harán cualquier cosa por muchos.

El amor se expresa a todos los hermanos,
"Porque para servirles están felices de traer.
Desde que quedamos huérfanos a una edad temprana,
Levántense como padres sin ser deseados.

Al principio no sabía qué hacer,
Los sueños de la familia se cumplen.
Pero con el tiempo,
Sabía que todo mi corazón y mi mente debían
estar enfocados.

Ser hermana es una gran obligación,
Hay que adoptar medidas urgentes.
Necesitas cuidarlos en todo momento,
Cuando eran pobres, no podían experimentar.

Defender a las personas críticas,
Daré incluso todo el apoyo,
Simplemente no los ofendas,
Porque siempre están pensando en sus
propios intereses.

Aunque cada uno tiene actitudes diferentes,
No había ningún obstáculo para entenderlos.
En cada necesidad que tenemos,
La unidad de los hermanos siempre es confiable.

Soy hermana, pase lo que pase,
En corazón, mente y obra es innegable,
A sus espaldas, para que no sean oprimidos.
Porque mi amor por ellos es tan fuerte.

Sin mí, ¿cómo estaría unida la familia?
¿Quién más los amaría?
Son capaces de satisfacer sus necesidades,
¿Y les proporcionará todo el apoyo que buscan?

Sé que en tiempos de angustia,
Mis padres nos guían y velarán por nosotros.
Para aliviar el dolor y cualquier alivio,
Por lo tanto, "Ate!" Lucha contra el flujo de la vida.

¿Y si?

Miles Florendo

¿Y si no te entretuviste esa noche?
¿Cuándo me has confundido con esa
mujer que mintió?
Que alguien te haya dado mi número
Así que me llamaste directamente,
E insististe en que conversar contigo está bien.

Desde el principio, ya lo sabías
que soy propiedad de alguien,
Y en cualquier momento seré la esposa
de este hombre.
Pero eres tan persistente en usar tu encanto,
Es por eso que al final,
Cometí un error que no se puede deshacer.

¿Qué pasa si no aparezco en nuestro primer
lugar de reunión,
¿Y nunca permitirnos vernos cara a cara?
¿Dejará nuestro camino todavía algún rastro,
¿Para unirnos por las buenas o por la gracia?

Durante nuestra primera reunión,
Para mí, no fue amor a primera vista,

Pero para ti, egoístamente comenzaste una pelea.
Nunca te das por vencido conmigo, incluso
si sabes que no está correcta,
Porque ya lo sabías pronto
Seré la novia de alguien.

¿Qué pasa si no te permito besar mis labios,
¿Y nunca dejes que mis palmas queden atrapadas
por tu suave agarre?
Este momento nos llevó a tener la
relación equivocada,
Y hacer que sea difícil para nosotros
resistir esta tentación
qué es tan profundo.

Sin querer, te dejé arruinar mi relación
con el hombre que me dio seguridad,
Amor y riqueza eran el futuro que te espera
Y entonces estaba garantizado.
Pero tú te entrometes e intervienen con mi destino,
Y aprovechó todas las oportunidades
y no perdí la oportunidad.

¿Qué pasa si no me permito?
ser atraído por la tentación,
¿Eso llevó a mi brillante futuro a la destrucción?

Me quedé embarazada de un hombre que está
lejos de mi imaginación,
Llevar a su hijo honestamente me dio
Emociones encontradas.

En ese momento, quiero arreglar todo
porque sé que eso era correcto.
Decidí terminarlo,
así que me despido mientras te sostengo fuerte.
Estoy luchando tan duro contra las tentaciones,
Dios sabe que lo intenté,
Pero las emociones intensas dentro de mí
Deja que me tengas esa noche.

¿Qué pasa si no acepto tu oferta de casarme,
¿Incluso el hecho de que estoy llevando a tu bebé?
Solo dejo que mi prometido asuma
toda la responsabilidad,
Porque él me amaba tanto por eso
Él nos aceptó a mí y al niño en mi barriga.

No te amo ese día,
pero me pediste que me casara contigo,
Aunque mi prometido todavía me propuso
matrimonio,

No sé qué hacer.
Eres el padre de mi bebé y me amas tanto,
Por eso que al final,
Elegí lo que era correcto, pero me hizo azul.

¿Y si no aprendí a amarte?
y empecé a construir mi sueño?
Durante nuestros votos matrimoniales,
cada palabra que dije realmente quise decir,

Te prometo que te amaré para siempre
y eso es cien por ciento,
Porque ese día, ya creía que
Fuiste enviado del cielo.

Juraste a Dios que me amarías hasta el final,
En las buenas y en las malas, tomarás mi mano.
Pero el peor escenario sucedió de repente,
Cuando me engañaste
e hizo que nuestros votos se rompieran.

¿Qué pasa si lucho aún más duro y me
quedo a tu lado,
Aunque cuando estoy contigo,
¿Hiciste morir mi corazón?
¿Debo seguir intentándolo, aunque

Continúan degradando mi orgullo,
¿Y no renunciar a mis derechos a pesar de hacerme
miserable y llorar a menudo?

Se sentía como el infierno cada vez que
me hacías sentir no deseada,
Ni siquiera trataste de ocultar tu
pecado que engañaste,
Lamentablemente, no eras el mismo que
el hombre que una vez confié.
Después de renunciar a todo lo que hiciste
Lloré y me maltraté.

¿Qué pasa si me quedo contigo incluso
si estoy gravemente herido,
Y sigo amándote
¿Mientras me rompes el corazón?
¿Alguna vez te darás cuenta de que
Yo soy a quien amas desde el principio,

E hicimos un voto de que
Estaremos juntos hasta que la muerte nos separe.
Tanto dolor y miseria me hicieron
Sal de tu puerta,
Trayendo a nuestro pequeño hijo conmigo,
Dejé al hombre que adoro.

Fingir ser fuerte a pesar de
Toda mi mente y mi corazón están
entumecidos y doloridos.
Para salvar mi orgullo, sigo ocultando
mis sentimientos
Así que ya no me lastimarás.
Tantos qué pasaría si y cómo todavía
corriendo en mi cabeza,
Pensando que puedo salvar a nuestra
familia cuando suplico.
Pero, ¿de qué sirve pensar demasiado ahora
que estás muerto?
Y aún eliges amarla hasta tu último aliento.

Emely P. Pineda también conocida como Miles Florendo es una profesora de secundaria, verificadora de módulo de disposición, contribuyente del artículo en una revista, redactora independiente de las publicaciones, autora/escritora registrada, editora de layout designer de National Development Board.

Mary Ann R. Padamada - Esporas es una funcionaria pública, investigadora, entrenadora, autora de libro, profesora, presentadora del investigación local y internacional, filántropa, defensora de Gender & Development (GAD).

Prudence A. Palon es una profesora de secundaria, maestra magistral, escritora de módulo, verificadora de contenido, entrenadora atlética, arbitra acreditada de Sepaktakraw, profesora en una colegio, contribuyente del artículo de una revista.

Arlene DG. Ong también conocida como Hilda Amor es una gran escritora, editora, directora de película y productora, guionista y creadora de "Bata-batuta en el canal de YouTube, y miembro del comité de Kapisanan ng mga Director ng Pelikulang Pilipino (KDPP).

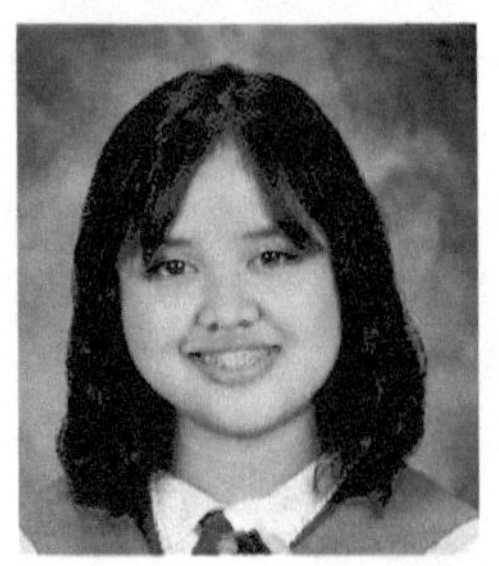

Angelica Faye P. Pitpit obtenido premios y becas desde primaria, independiente de digital, Non-fungible Token (NFI), y obras antecedentes, creadora de retratos surrealistas y portada de libro.

Fredleian R. Robles es un gran artista y becario del curso de Ingeniería Civil y MedioAmbiental de la universidad de Kaohsung, Taiwán. Es un ilustrador registrado de National Book Development Board.

* 9 7 8 9 3 5 9 2 0 2 6 5 5 *